鶴見和子
歌集 花道

藤原書店

目次

Ⅰ　女書生（一九九六年十一月—一九九七年一月）……伊豆高原　5
一　隠れ家
二　力仕事これにて終了

Ⅱ　回生の花道（一九九七年一月—五月）……会田記念病院　19
一　歩く稽古
二　炎ひとすじ
三　吉野回想

Ⅲ　五月《さつき》薫風（一九九七年五月—十一月）……伊豆高原　43
一　回生二年
二　台　風
三　クストーと熊楠

Ⅳ　幕　間《あい》（一九九七年十一月—十二月）……会田記念病院　61

V　艶《たお》れてのち元《はじ》まる宇宙（一九九七年十二月―一九九九年九月）……… 京都・宇治　65
一　新しき住居
二　京の花見
三　脱走兵援助
四　パラダイム転換
五　修羅を招くや、
六　川本輝夫を悼む
七　歩み納めむ

あとがき　129

歌集
花道

回生の花道に導いて下さった
上田敏先生にささげる

I 女書生

一九九六年十一月—一九九七年一月

ここにして女書生の生涯を生き貫かむと隠れ棲むなり

一九九六年十一月十五日、七沢リハビリテーション病院を退院して
伊豆高原ゆうゆうの里に移り住む。

一　隠れ家

ここにして隠れ棲まむと来《こ》し庵《いお》にうす紅《べに》さして木瓜《ぼけ》の花咲く

生かされて山桃の幹に立ちのぼる初日の出にぞ今し真向う

一九九七年元旦

野牡丹の濃き紫に蔓《ツル》マツリカもどき淡きが映えて仲よう咲ける

お隣りは服部文子さんのお庭。亡くなられた夫君《おっとぎみ》は植物学者。珍しい草花が色どりよく植えこまれている。

感受性の貧しかりしを嘆くなり倒れし前の我が身我がこころ

身の中《うち》に死者と生者が共に棲みささやきかわす魂《たま》ひそめきく

死者の眼もて我が生き相《すがた》見かえればおろかしきこと重ねつるものか

離れキリシタン簞笥《たんす》職人の一代語《ひとよがた》り日ごと夜ごとにきけども飽かず

入居者仲間の幼方包義《うぶかたかねよし》氏と食卓をともにしその一代記を聞く。

柚子《ゆず》みのる伊豆高原の庵《いおり》にて富山の海のぶりのすし食《は》む

富山県砺波の光徳寺住職高坂制立《こうさかせいりゅう》師よりかぶらずしを贈られる。

陽だまりのピラカンサスの朱《あけ》の実はひよどり集う饗宴の卓

山茱萸《さんしゅゆ》の葉の枯れ落ちてあらわなる茅葺もどきひよどりの家

高光るけやき梢にビニールの小《ちい》さき家を作り棲むめじろ

われら人と軒を並べて棲む鳥のおのがじしなる巣のたたずまい

洗面台鏡の前に立ち上り一年ぶりに顔近く見る

右の手が左を世話し右足が左を支え励ましつ一身にして二身を生きる

死人に口なしといえど我死して死者のことばを語るたのしさ

表《おも》には黄の曼珠沙華《まんじゅしゃげ》裏庭に朱《あけ》のが燃えて人しれずあれ

野牡丹の紅《べに》紫《むらさき》はゆらぎつつ曼珠沙華の黄と語らいており

生と死のあわいに棲みていみじくもものの相《すがた》のするどき気配

二　力仕事これにて終了

我が書庫は我が心眼に移り住み引き出し自在引用は不可

関町の書庫のすべての本と調査資料など京都文教大学に寄贈する。

力仕事これにて終了これからは想像力を鍛えむと思う

真夜中に書架のはしごよじのぼり古雑誌に見し新らしき光

柳田集熊楠全集並びいる在処《ありど》はしかと心眼にあり

時間が足りないといいし柳田の三十六巻全集は出《い》づ

『柳田国男全集』三十六巻別巻二巻

II

回生の花道

一九九七年一月―五月

回生の花道とせむ冬枯れし田んぼに立てる小《ち》さき病院

一九九七年元旦上田敏先生より速達をいただく。一月十五日御指定の会田記念病院に入院。

一　歩く稽古

「歩けません」きっぱりいいてゆらゆらと足踏み出せし回生の一歩

禁断の扉一つ一つ開《ひら》かるるおどろきをもて歩み行く日々

ウォーカー・ケイン前にななめに横におきイチニイサンの
リズムもてあるく

学問の修行も了《お》えず喜寿すぎてあるくことから学び始むる

ピーターパンの海賊船の船長の手首にも似てまがりし我が手

スプリントはめし手首にしなやかさとりもどせよとそそぐ冬の陽

スプリントは手の装具

装具なしにけなげの努力して歩くわが素足見る冬陽さす床《ゆか》

おどり踊る感触をもて内側に膝を曲げつつ素足ふみしむ

杖つきて段差を越ゆる一瞬を猫ゆうゆうとうずくまり見る

細胞の一つ一つが花開く今朝の目覚めは得難き宝

きもの着て白足袋穿きてぞうり履き姿見の前にすっくと立てり

人間が歩くところに道はできる魯迅のことばよみがえる今

わが膝のバネとなるまでしなやかにお手玉拾うしぐさ稽古す

いささかの自信つきたる気のゆるみ転倒捻挫す病棟の廊に

我が灰を我が手もて海に撒かむとす夢より覚めて膝痛む夜半《よわ》

我もまた自然の一部癒《い》ゆるべき季節至るを心して待つ

杖つきて歩み初《そ》めたりさくら散る木の下道の大地ふみしめ

うま酒に酔いつる心地うらうらと花散る道を歩みおおせて

ゆるやかなスロープなりと人はいえ我に険しき山よじ登る

病室に編集会議を開くとて折りたたみ椅子三つ四つ入《い》るる

『鶴見和子曼荼羅』編集会議を毎月一回開く。

手足萎えし身の不自由を挺《てこ》にして精神《こころ》自在に飛翔すらしき

志《こころざし》高きを讃えその情《こころ》　底《そこ》深くして海越えひびく

藤原書店店主藤原良雄大人《うし》フランス芸術文化勲章受章を祝して

旅装束蘓枋《すおう》にせむか藍にせむかいまわの念《ねん》のいずれにかよけむ

すっぽりとかかとが靴にはまりたる今日一日はシンデレラ姫

内反して変形した足を矯正するために穿く装具（靴）にかかとをはめるのに日々難儀する。

立ち上り歩き始めしプライメイトのそら恐ろしさ想いても見よ

プライメイト＝霊長類

えごの花散る下道の勾配を味わいつ歩むひと足ひと足

一歩一歩萎えたる足に力籠め魔法のごとし坂のぼりゆく

正座してついにしびれを知らざりし我が足今はしびれっぱなし

しなやかに手首の伸びを感じつつ覚むれば遠くうぐいすの声

昨夜《きぞ》の嵐実桜の青を折り敷きてつつじの朱《あけ》を散りばめし径《みち》

双足《もろあし》もて椅子漕ぐ芸の身につけば人よびとめて芸を披露す

リハビリもおどりも一つ芸にしておなじ仕草を稽古また稽古

二　炎ひとすじ

生命《いのち》細くほそくなりゆく境涯にいよよ燃え立つ炎ひとすじ

江戸紫プリムローズははにかみて枯芝の底ゆちらと萌え出づ

白く小《ち》さき水仙の花はむらがりて風なお寒き朝陽射返す

小貝《こがい》川川の堤に咲く花はまだ若くして色のほのけさ

人質もトゥパクアマルも人なりと大司教は涙ぬぐい給えり

一九九七年四月二十五日ペルーの日本大使公邸人質事件で、ペルー特殊部隊が強行突入して人質を解放した。その時ペルー人質一人、特殊部隊員二人、トゥパク・アマル（ＭＲＴＡ）のゲリラ十四人全員が銃殺された。

三　吉野回想

断念せし念《おもい》　烈々と受け継ぎて吉野のさくら夜桜の怪

権力を断ちたる人ら今にして隠れ宴《うたげ》す吉野夜桜

狐なる忠信の墓と銘打てる石あり地底へ下る段の辺へ

吉野なる脳天神社の若き僧ニューヨークにて我に会いしとう

スピノザがレンズ磨きて籠りいし小《ちい》さき室《へや》に冬の日昏《くら》し

回想のオランダ

チューリップ　スピノザ　フイス（Spinoza huis）に萌ゆらむか西行庵に花の散るころ

Ⅲ

五月《さつき》薫風

一九九七年五月―十一月

車椅子にて出でたる伊豆のかくれ家に杖つき帰る五月《さつき》薫風

一回生二年

車椅子からひょいと自動車《くるま》に乗り移る動作身軽くあたらしき出発

倒れし日を我が命日と定むれば我が生《あ》れし日は回生二年

若き友が祈りをこめて紅型《びんがた》に染め給いつるトーテムの鶴

染色家駒田佐久子ぬしより紅型染めの鶴の布を誕生日祝いにとていただく。鶴はわたしのトーテムとわたしは自称している。

思わざりかくも静けき時の流れ我が生涯の果てに待つとは

伊豆を出でて宇治の庵に移らむと思い定めて八十路に向う

不愉快なことも半分生きているしるしと思い味わいつくす

潮騒を遙かに聞きて訪るる人の足音近付くを待つ

断念せしことのよきかな玲瓏の人となりたるひと断念す

人恋ふるこころさわやかに研ぎ澄ます異形の者と変化《へんげ》しゆく日々

黒き蝶蔓《つる》マツリカの花波の淡紫《うすむらさき》に漂いて消ゆ

アテネなる丘一面に咲くという蔓マツリカを伊豆に見る幸

新しき作品を生む胎動を伝えこし文《ふみ》我を生かしむ

二 台風

台風は来り又去る鋼鉄の延べ棒をわが脚に残して

逸早《いちはや》く気圧の配置感知する痺《しび》れし脚は我が気象台

鵯《ひよどり》のするどき声に眼覚むれば台風は逸《そ》れて蟬しぐれする

しびれ脚とつきあいて二年その日その日ご機嫌とりに工夫重ねつ

きびしさのつのれるしびれ踏む足に力をこめてのりこえむとす

真夏陽《まなつび》に三百五十メートル歩きたる我が新記録心弾《はず》めり

被爆して人魚となりし千恵子はも天《そら》に昇りて天女《てんにょ》とやなれる

渡辺千恵子一九九七年八月九日逝く。

地の魂《たま》を喚び起しつつ歩むなり杖音勁《つよ》く打ちひゞかせて

みんみん蟬生命《いのち》のかぎり鳴きつぐを我が歌詠《うた》うリズムとぞ聴く

一日中洗濯機をまわし辛うじてすがしき明日を迎えむと思う

一本の手でできることできないこと日々仕分けする我が分類学

三　クストーと熊楠

海底《うなそこ》の美しき生命《いのち》究めたるクストーは今海へ還るや

クストーの国連大学の講演を想い出しつつその訃を悼む。海洋探検家ジャック＝イヴ・クストー氏一九九七年六月二十五日パリにて死去。

熊野なる原生林を踏破せし熊楠の霊は山に籠れる

山へゆき海にかえりし熊楠とクストーはともに地球守《も》りびと

のろのろと旅ゆく我のかたわらを懐しき人ら先いそぎ逝く

倒れし後入院中に丸山眞男氏、内藤眞作氏、脇村義太郎氏、磯村英一氏、菊地昌典氏らの訃に接する。

つぎつぎになつかしき人らもう一つの宇宙に移りここはさびしき

Ⅳ 幕間《あい》

一九九七年十一月―十二月

朝焼けの空にま白くかがやける富士に向いてひた走りゆく

会田記念病院を早朝車で出発し東京駅から新幹線で京都ゆうゆうの
里に向う。

足元に枯葉ひしめき打ち寄する一陣の風に立ち往生す

幼き日険しき山をジグザグに登りし知恵の甦りくる

ワインカラーの新しき靴魂《たま》入れて我が脚軽く歩ませ給え

我がうちの埋蔵資源発掘し新しき象《かたち》創りてゆかむ

V

嫋《たお》れてのち元《はじ》まる宇宙

一九九七年十二月—一九九九年九月

斃れてのち元《はじ》まる宇宙耀《かがよ》いてそこに浮遊す塵泥《ちりひじ》我は

一　新しき住居

新しき住居の床の清《すが》しさに一本足の舞を舞いたし

一本の手もてたてたる一服の茶をひとり呑む元旦の朝

一九九八年元日

一本の手もて抹茶をぐいと呑む殿様飲みを我もしており

平安の昔人さび宇治上《がみ》の本殿に詣で氏子とぞなる

宇治上神社の本殿は平安朝時代の建築で現在は世界文化遺産に指定されている。初詣

遠山《とおやま》から風に乗り来し粉雪《こなゆき》が碧天《へきてん》に撒くミクロの光彩《ひかり》

「菜の花」と銘打てる菓子一服の茶をたてて食《は》む宇治の立春

転倒は許さじと念《おも》え美しく歩まむとすれば転《まろ》ばむとする

老鶯《ろうおう》が幼鶯《ようおう》と掛け合い鳴き交すリズムに乗りて歩みゆく今朝

後見がさし出す扇療法士がさしのべる腕《かいな》阿吽の呼吸

その日その日痺れ具合を試しつつ自己決定す歩みの姿勢《かたち》

雨に打たれ霜焼けの掌となりしとう九十歳の童女杉森英子

杉森英子ぬしは山室軍平記念救世軍資料館の前館長。九十一歳の現在も現役で週一回は伊豆から東京へ通勤しておられる。これは夜おそく駅からゆうゆうの里の自宅へ傘なしで雨の夜道を歩いてかえられた時のこと。

つつがなく今日の一日《ひとひ》を生かされて点となりゆく紅き陽を見る

アラスカの大雪原に輝ける落日は父の昇天の刻《こく》

一九七三年十一月一日トロントからヴァンクーヴァー経由で帰国の途次アンカレッジ空港で落日を眺めつつ父の死を直感した。

点灯のリモコン床にとり落とし真っ暗闇に装具穿く芸

新らしき眼鏡をかけて我が眼《まなこ》凝らせどもなお踊る文字面

明日の陽は見まじと思うしびれ足の痛みきびしく寝《い》ねがての夜《よ》は

二　京の花見

高野川《たかのがわ》青める水に競いつつ姿映せる花花の艶《えん》

四月二日、俊輔・貞子・太郎に伴われ京に花見にゆく。

幼き日父と見上げし南禅寺山門を今車椅子にて行く

太閤が宴《うたげ》せしとう醍醐寺の一本《ひともと》夜桜雨に濡れ佇《た》つ

甦れてより三度び相見る大塚に茨城に今日宇治に咲く花

年ごとにまみゆる桜色艶の深まりゆくを我が老いとせむ

重心が萎えたる足にすっと乗り人間らしく歩み初めたる

山姥《やまんば》の白髪《しらが》ほのぼの結いあげにエステの君は京より来ます

エステ・インタナショナル・ムラハシ英子《ひで》ぬし

白銀《しろがね》に櫟《くぬぎ》のこずえ萌え立ちて杉なお黝《くろ》き林を照らす

山に生《お》うる茶の木の新芽つややかに茶畑の裔《えい》を遠く見守る

天空を流れる気圧我が脚に脈搏つ痺れ遠く操る

大いなる宇宙と小《ち》さき我が宇宙おなじ鼓動に脈搏つをきく

大輪の明石潟《あかしがた》椿《つばき》胸に抱き岡部伊都子君靄の中より

終日靄立ちこめる。夜おそく岡部伊都子ぬしが書き上げられたばかりの「華の巻」(『鶴見和子曼荼羅』第Ⅶ巻)の「解説」を持って来て下さった。翌早朝沖縄へ旅立たれたことをあとで知った。

山の鴉《からす》やさしく鳴けり都なる気性《きしょう》烈しきと同類にして

鴉の眼と我が眼が合いて怯《おび》えしは我《われ》の方《ほう》なり鴉動ぜず

自力更生《ズーリーゴンションョン》まことのいみを手足萎えし我が身のうちに日々験《ため》しみる

この日この刻《とき》よく生きなむと念ずなりいつとは知らずよく死なむため

三　脱走兵援助

黒人兵テリーと眼と眼あわせたるベトナム兵はテリーを撃たず

関谷滋・坂元良江編『となりに脱走兵がいた時代』（思想の科学社）の出版記念会が一九九八年五月九日に京大会館で開催された。この時倒れて後初めて不特定多数の人の前で短い話をする。

いみじくも辛《から》き生命《いのち》を存《なが》らえてテリーは決す人殺さじと

修羅場にて人殺さじと決意せる黒人兵とベトコンのドラマ

脱走兵援助の歴史創りたるヨーロッパの女凛として優し

イギリス・ヨークシャーTVドキュメンタリー番組「勇気ある女たち」

国と国戦いしとき人と人生命《いのち》をかけて援《たす》けあいたる

脱走兵援助の歴史アジアにて創りし人らここに集《つど》えり

脱走兵援助の歴史アジアにて未来へ向けてうけつがむとす

草の葉の長きをくわえ飛び交す燕らは今巣づくりのとき

葦の葉が雲間に舞うと眺めしは群れて燕の巣づくりすらし

形見分けのリスト最後にたしかむるいつとはしらず予感のありて

長梅雨の雲垂れこむるベランダにブーゲンビレアの紅《くれない》を置く

ブーゲンビレアの花鉢を沖縄の大宜味政人氏より贈られる。

明け方の冷気を裂きて高く澄む葭切《よしきり》の声声《こえごえ》夢覚むるまで

ヴァヌアツの薄ものごろも吹き透す宇治山風に歩み弾めり

おびたゞしき鬼やんまの群　青天に羽根透き通り水平飛行す

鬼やんま高く飛翔し赤とんぼ低く飛び交う空棲み分けて

死後の眺めかくやと思う墨色の夜霧の底の青き灯火《ともしび》

笑うこと死んでしまえばままならず笑っておこうこころゆくまで

アルプスの竜胆《りんどう》の藍宇治へきて水引草の紅《べに》と馴染めり

林佳恵ぬしよりアルプスのりんどう百本を贈られる。知香《ちこう》流生花師匠水田宮子さんとお弟子さんたちにおねがいして食堂や多目的ホール等におくようにいくつもの花器にいけていただく。わたしの机の上にはすすきと水引草をそえて鉄色の花瓶に生けていただいた。

アルプスの深山《みやま》りんどう百本が宇治に運びし藍いろの風

秋空に鳶《とんび》大きく輪を描き機影小《ちい》さく尾をひきて消ゆ

秋雨に濡れそぼちつつ狂い咲く染井吉野よ狂えり人も

葉は黄葉《もみじ》花は銹朱《さびしゅ》につつましく躑躅《つつじ》咲き出づ立冬の朝

四　パラダイム転換

籠りいて年譜を作る心眼に燃え立ち上るプリンストンの秋

面会謝絶門外不出こもりいて捲き戻し見るわが生き相《すがた》

著書目録年譜索引著作集終りに近くこころ昂《たかぶ》る

パラダイム転換などと大それし念《おも》い抱きて歩みつづけむ

一度びは死せる我が身ぞ足元の大地崩《く》ゆるともひたぶるに在れ

遠つ祖《おや》のおくつきどころ水清く山高くして人あたたかき

岡山県備中町布賀の鶴見松太郎大人《うし》は我らが遠つ祖の墳墓の地を守り医師を業となせし人なり。人品飄逸にして川柳をよくす。一九九七年三月十日歿。

短歌よりさらに短く季語もなき川柳をもて達観し給う

黒鳥の代官邸《やしき》守りつつ飄飄として医師《くすし》は在《いま》す

実竹のクルスの茶杓手にとりて西山大人《うし》のひらめきを念《おも》う

西山松之助大人より茶杓を給う。

実竹《じっちく》の樋《ひ》の深くして中節《なかぶし》とクルス組むとう謎解き給う

手づくりの茶杓の中に隠れたる切支丹の魂《こころ》彫り当て給う

夕焼の滅紫《めっし》とうすき紅《くれない》のぼかし模様を我が衣《きぬ》とせむ

夕なタなことなる舞を舞い納め雲に消えゆく陽の艶姿《あで》

沈まむと見えしを雲の底いより紅蓮《ぐれん》となりて燃え立つ夕日

やりたいこと次々浮ぶ半分は死にたる我が身初日拝みて

一九九九年元旦

冬苺真紅に実り真白なる野菊を添えし朝のテーブル

冬苺雪かき分けて食むという野兎ならむ小《ち》さき足跡

雪割りて萌え出でし土筆緑なす胞子まだらに雪の上に散る

白く小さき花は終りてしゃりんばい濃き紫の実の豊かなる

双鳥《そうちょう》のささえあいつつ飛びゆくを思い描きて仰ぐ雨天《あまぞら》

「弱法師《よろぼし》」夢に舞いきと宣《の》り給う白洲正子の回生の道

回生の舞美しく舞い納め消えし人はも橋の奥処《おくど》へ

ままごとの道具のごとく電動の大根おろし厨辺《くりやべ》におく

たちまちに霙《みぞれ》となりて大根の降りそそぐ見ゆ瑠璃の器に

有次《ありつぐ》と銘を打ちたる銅《あかがね》の大根おろしは関町にあり

知らぬこと解らぬことのつぎつぎに夢にあらわれ死ねぬと思う

六朝《りくちょう》の文物学びて尚空《むな》しと云いし古人《こじん》の夢にあらわる

飄飄とわが半身を吹き透す風やわらかく春の前触れ

おもむろに自然に近くなりゆくを老いとはいわじ涅槃とぞいわむ

行方しらぬ小舟にひとりすくと立ち海へ出でゆくあかときの夢

杉秀《ほ》ツ枝《え》山雀《がら》一羽止まりおり天に向いて身じろぎもせず

杉木立暗き奥処《おくど》に藪椿朱《あけ》の蕾の灯を点《とも》しおり

沖縄の八十路翁が手づくりの黒糖落雁食《は》めば愛《かな》しも

澤地久枝ぬしより琉球王の紋章入りの落雁を給う。

大根の葉をさみどりに炊きあげて春の生命《いのち》の精をいただく

春雷の萎えたる脚に轟けば甦えるごと驟雨《しゅうう》流るる

陰暦の暦給いぬ日と共に起き月を見て寝る我がくらし

田中優子ぬしより旧暦のこよみを給わる。

五　修羅を招くや

日本列島戦略基地に組み込まれ修羅を招くや我が去りし後に

日米防衛指針見直し

未臨界実験片手に矛となし核不拡散盾とするはや

誤爆とう隠れ蓑あり守るべき民死なしめて悔いざるものに

NATO軍コソボ空爆

前事不忘後事之師《チエンシイプーワンホウシイジイシイ》 周恩来のいましめを今ささげたしたかぶれるものに

君が代を歌わず日の丸かかげざりし成城小学校我が矜《ほこ》りとす

小学四年まで通った牛込成城小学校は澤柳政太郎校長。

戦後思想終りぬと思う丸山逝き久野《くの》収《おさむ》今朝旅立ちしとう

一九九九年二月九日久野収氏逝去

六　川本輝夫を悼む

大いなる仏壇を背に坐りたる川本輝夫のおだやかな笑み

川本輝夫氏一九九九年二月十八日歿

いと重き障害の身もて裁判をたたかいしを思う水俣人《びと》ら

ミナマタは地球に通ずと喝破せるカナダインディアンとテルオの出会い

湖《うみ》に浮ぶ小《ち》さき丸太の小屋にして大地母神とテルオの出会い

はげしさの底に秘めたる限りなきやさしさを思うテルオは逝きて

川本は生きつぐといいし漁夫《いさなとり》緒方正人の日焼けせし顔

水俣のヘドロの海を森となし石仏を置く次の代《よ》の夢

辺境より新しき風吹きおこせ『東北学』の創刊を祝《ほ》ぐ

山形市に東北文化研究センターを設立された赤坂憲雄氏と研究誌『東北学』の創刊号に対談する。

立ち上り杖つき軽くお辞儀して語り始めぬ「私の回生」

四月三十日京都文教大学人間学研究所主催で、『鶴見和子曼荼羅』全九巻の完結を記念して、京大会館で日本語シンポジウム「生命《いのち》のリズム」を開く。

プリンストンの旧き友来り小半日《こはんにち》柳田を論ず外と内より

五月二十八日京都ゆうゆうの里にて非公開の英語セミナーを開く。報告者はロナルド・モース氏。

旧き友新しき友ら集い来て英語もて論ず内発的発展

六月十九日京都文教大学人間学研究所主催にて英語シンポジウム「創造性の形」を開く。キーノート・スピーカーは川勝平太氏。

久々に気兼ねをせずに英語もて論ずれば心放たるるごと

教え乞いておけばよかりしこの人をおいてきくべき人なきことを

一九九九年十月十日中村元博士逝去

七　歩み納めむ

ありったけの力ふりしぼり生きている我を元気と人はいえども

夜毎夜毎痛みつのれる病む足に力もつきて消えたくなりぬ

白秋の「祭の笛」を子守歌もどき節つけ読みくれし父

一生《よ》かけて費《つか》い果せぬ大いなる愛を給いしちちのみの父

筆痙《ひっけい》も結滞《けったい》も親ゆずりにてなつかしきかな同病を病む

権力も金力も名声も失いて玲瓏の人となりゆきし父

たまゆらの藍の生命《いのち》をいとおしみ露草の花玻璃壺《はりつぼ》に挿す

纖《ほそ》き背は弧を描きたり負いきれぬ怨念負いし一生《ひとよ》想わす

経文を読めとさし出す嫗《おうな》の瞳《め》半ば盲《し》いつつ光放てり

さまざまな嫗《おうな》翁《おきな》の老い姿生き来し道を問わず語りす

死に支度もう始めたしと我が言えばまだちょっと無理と主治医は宣《の》らす

英文の論文の注打ち了えて力仕事は最後と思う

熊楠が生命《いのち》をかけて守りたる神島《かしま》の海に灰を流さむ

萎えたるは萎えたるままに美しく歩み納めむこの花道を

あとがき

歩く稽古のため、会田記念病院に入院したとき最初に詠んだ歌は

回生の道場とせむ冬枯の田んぼに立てる小さき病院

であった。これを上田敏先生にお見せしたら、先生は、「スパルタ式リハビリテーションの考えに、ぼくは反対です」とおっしゃった。

わたしはすぐに反省して、「回生の道場」を「回生の花道」と直してお目にかけた。

「それならよろしい」と先生はいわれた。それがこの書の第Ⅱ部のはじめに載

せた歌である。この歌集の題もそこに由来する。

花道には、出とひっこみがある。この歌集は、回生の花道の出からひっこみに向かう日々の歩みと思索の記録である。


これは、『虹』『回生』についで、わたしの第三歌集である。

『回生』は、一九九五年十二月二十四日に脳内出血で倒れてから、辛うじて生命だけはとりとめて、一年間いくつかの病院を転々とした後に退院するまでの記録であった。

一九九七年元旦、日本のリハビリテーション医学の草分け、上田敏先生から、速達をいただいた。これが大きな転機であった。『回生』の中に、病院で上田先生の『リハビリテーションの思想』を読んで感動したことを詠んだ歌をのせたので、この歌集を先生にお送りした。「一度診察してあげよう」とまことにありがたい御申し出をいただいた。そこで、先生の御指定の病院にゆき、そこから、思いがけなくも、まったく新らしい人生が拓り開かれたのである。

『花道』は、それからの記録である。

上田敏先生の提唱される目標指向的・積極的リハビリテーション・プログラムの理論にしたがって、会田記念病院で、大川弥生先生の御指導のもとに、作業療法士主任の中村茂美さんと、理学療法士主任の関口春美さんがティームを組んで、わたしの歩く稽古を実際に導いて下さった。

そして四ヶ月後に、わたしは杖をついて、看視つきで、歩けるようになって、伊豆高原へかえった。

そして、一九九七年十一月から一ヶ月、再び会田記念病院に入院して、退院後の状態をチェックしていただいた。そのうえで、一九九七年十二月、京都（宇治）に移り住んだ。

京都での一年有半は、仕事のうえで、もっとも実りのある季節であった。弟鶴見俊輔、貞子夫妻と甥の太郎の協力に負うものである。

わたしは十五歳のとき、佐佐木信綱門に入門し、先生の御指導をうけた。第一歌集『虹』の序文も佐佐木信綱先生に給わった。その後半世紀の「歌のわかれ」の後に、脳内出血で倒れてから、わたしは歌によって回生した。

第二歌集『回生』の序文は、佐佐木由幾さまにいただいた。そして、『鶴見和子曼荼羅』第Ⅷ巻の「歌の巻」の解説は、佐佐木幸綱さまが書いて下さった。こうして、佐佐木家三代の歌恩に恵まれたのである。あらためて、深い感謝をささげる。

わたしは、短歌は究極の思想表現の方法だと思っている。生命あるかぎり、短歌によって思想を探究しつづけたい。

藤原書店の社長藤原良雄氏には『鶴見和子曼荼羅』全九巻を出版していただいた。「歌の巻」には、『虹』と『回生』を収録した。今回の『花道』によって、これまでのわたしの歌集すべてを、藤原書店から上梓していただくことになる。藤原良雄氏と、著作集と『花道』の編集と校正にご尽力下さった能澤壽彦氏、刈屋琢氏に深く感謝する。

一九九九年十月五日

鶴見和子

著者紹介

鶴見和子（つるみ・かずこ）
1918年東京生まれ。39年津田英学塾卒業，41年ヴァッサー大学哲学修士号取得。65年ブリティッシュ・コロンビア大学助教授，66年プリンストン大学社会学博士号（Ph. D.）取得，69年上智大学外国語学部教授，同大学国際関係研究所所員（〜89年。82〜84年同所長）。89年上智大学名誉教授。専攻，比較社会学。95年南方熊楠賞受賞。99年度朝日賞受賞。2006年歿。
主著として，『コレクション　鶴見和子曼荼羅』（全９巻）『南方熊楠・萃点の思想』『鶴見和子・対話まんだら』『邂逅』『おどりは人生』『曼荼羅の思想』『「対話」の文化』『いのちを纏う』『米寿快談』『遺言』『「内発的発展」とは何か』，また『歌集　回生』『歌集　山姥』（以上，藤原書店）など多数。他に映像作品として，その生涯と思想を再現した映像作品『回生　鶴見和子の遺言』と，『自撰朗詠 鶴見和子短歌百選』がある。

歌集　花《はな》道《みち》

2000年２月25日　初版第１刷発行©
2009年６月30日　初版第７刷発行

著　者　鶴見和子
発行者　藤原良雄
発行所　株式会社 藤原書店
〒162-0041　東京都新宿区早稲田鶴巻町523
電　話　03（5272）0301
ＦＡＸ　03（5272）0450
振　替　00160-4-17013

印刷・製本　中央精版印刷

落丁本・乱丁本はお取替えいたします
定価はカバーに表示してあります
Printed in Japan
ISBN978-4-89434-165-4

〝文明間の対話〟を提唱した仕掛け人が語る

「対話」の文化

〈言語・宗教・文明〉

服部英二・鶴見和子

ユネスコという国際機関の中枢で言語と宗教という最も高い壁に挑みながら、数多くの国際会議を仕掛け、文化の違い、学問分野を越えた対話を実践してきた第一人者・服部英二と、「内発的発展論」の鶴見和子が、南方熊楠の曼荼羅論を援用しながら、自然と人間、異文化同士の共生の思想を探る。

四六上製　二二四頁　二四〇〇円

（二〇〇六年二月刊）

◇978-4-89434-500-3

着ることは、〝いのち〟を纏うことである

いのちを纏《まと》う

〈色・織・きものの思想〉

志村ふくみ・鶴見和子

長年〝きもの〟三昧を尽してきた社会学者と、植物染料のみを使って〝色〟の真髄を追究してきた人間国宝の染織家。植物のいのちの顕現《けんげん》としての〝色〟の思想と、魂の依代《よりしろ》としての〝きもの〟の思想とが火花を散らし、失われつつある日本のきもの文化を、最高の水準で未来に向けて拓く道を照らす。

四六上製　二五六頁　二八〇〇円　カラー口絵八頁

（二〇〇六年四月刊）

◇978-4-89434-509-6

「人生の達人」と「障害の鉄人」、初めて出会う

米寿快談

〈俳句・短歌・いのち〉

金子兜太
鶴見和子
〈編集協力〉黒田杏子

反骨を貫いてきた戦後俳句界の巨星、金子兜太。脳出血で斃れてのち、短歌で思想を切り拓いてきた鶴見和子。米寿を前に初めて出会った二人が、定型詩の世界に自由闊達に遊び、語らう中で、いつしか生きることの色艶がにじみだす、円熟の対話。

四六上製　二九六頁　二八〇〇円　口絵八頁

（二〇〇六年五月刊）

◇978-4-89434-514-0

詩学と科学の統合

「内発的発展」とは何か

〈新しい学問に向けて〉

川勝平太・鶴見和子

「詩学のない学問はつまらない」（鶴見）「日本の学問は美学・詩学が総合されたものになる」（川勝）――社会学者・鶴見和子と、その「内発的発展論」の核心を看破した歴史学者・川勝平太との、最初で最後の渾身の対話。

B６変上製　二四〇頁　二二〇〇円

（二〇〇八年一一月刊）

◇978-4-89434-660-4